Vandaag

KOOK IK!

VANDAAG KOOK JIJ!

ELKE DAG WILLEN WE IETS LEKKERS ETEN. JIJ VAST OOK! NU IS DAT IS MAKKELIJKER GEZEGD DAN GEDAAN. KOKEN IS BEST VEEL WERK. DAAROM GAAN WE JE OUDERS EEN HANDJE HELPEN. DAT BEGINT MET DE VRAAG: WAT ETEN WE VANDAAG?

IN DIT BOEK VIND JE EEN HELEBOEL LEUKE RECEPTEN DIE JE ZELF KUNT MAKEN. MET EEN BEETJE HULP VAN JE OUDERS. WANT JE HOEFT NIET ALLES ZELF TE DOEN. BLADER MAAR EENS RUSTIG DOOR DIT BOEK EN KIES UIT WAT JE GAAT MAKEN. EN DAN: AAN DE SLAG! WEDDEN DAT HET SUPERLEKKER WORDT!

Sommige recepten maak je in de frisse buitenlucht. Dat is nog eens leuk!

VOOR JE BEGINT

ZET ALLES WAT JE NODIG HEBT KLAAR EN ZORG ERVOOR DAT ALLE SPULLETJES SCHOON ZIJN.

HULP VRAGEN

WEES VOORZICHTIG MET MESSEN, MIXERS EN DE OVEN. PAS EXTRA OP MET HETE GERECHTEN. VRAAG JE OUDERS OM JE TE HELPEN. OOK ALS JE IETS MOEILIJKS MOET DOEN ALS HET SPLITSEN VAN EIEREN.

TIP VOOR
KEUKENPRINSEN
& -PRINSESSEN

Wees niet boos als het de eerste keer niet precies is zoals jij het wilt…

… de tweede keer gaat het al beter en de derde keer lukt het je!

INHOUD

voor de KERST 56

MMM... LEKKERE SOEPJES

WARME STARTERS

HOOFDGERECHTEN

TUSSENDOOR OF ERBIJ

IDEEËN VOOR DE LUNCH

TOETJES EN DRANKJES

mmm ...

lekkere

SOEPJES

TOMATENSOEP ITALIANO

Dit heb je nodig

voor 4 koppen en 4 spiesjes

- 750 ml gezeefde tomaten
- 2 bouillonblokjes
- snufje peper
- 1 tl paprikapoeder
- 125 ml slagroom
- 12 cherrytomaatjes
- blaadjes verse basilicum
- 12 bolletjes mozzarella

Benodigdheden

- 12 satéprikkers

Zo maak je het

stap 1: Giet de gezeefde tomaten in een pan en breng de soep aan de kook. Roer de bouillonblokjes erdoor, doe er de peper en het paprikapoeder bij en laat de soep daarna nog even zachtjes pruttelen.

stap 2: Maak ondertussen vrolijke tomatenspiesjes. Rijg om en om een tomaatje, een blaadje basilicum en een bolletje mozzarella aan de satéprikkers.

stap 3: Schep de soep in de soepkommen. Leg er een spiesje naast.

★ *Vanaf 6 jaar* ★

soep maken	10 minuten
spiesjes maken	10 minuten
stippen oefenen	10 minuten
stippen maken	5 minuten

HEB JE EEN GOED IDEE?

ROOD MET WITTE STIPPEN

OEFEN EERST BOVEN DE PAN: NEEM EEN LEPELTJE SLAGROOM EN LAAT DRUPPEL VOOR DRUPPEL DE ROOM IN DE SOEP VALLEN. VIND JE HET NOG NIET ZO MOOI? ROER DE SOEP EEN KEER... EN WEG ZIJN DE STIPPEN. PROBEER HET NET ZO LANG TOT JE HET ONDER DE KNIE HEBT.

SCHEP DE SOEP IN DE KOMMEN EN MAAK ER MOOIE STIPPEN OP.

FUN!
NOEDELS MET
STOKJES ETEN.

GEVULDE NOEDELSOEP

Dit heb je nodig
voor 4 kommen

- 50 g eiermie
- 1 kleine kipfilet
- 2 el milde olijfolie
- 400 g oosterse wokgroente
- 750 ml kippenbouillon
  (vers of bouillonblokje)

★ *Vanaf 6 jaar* ★

bereiden	20 minuten

Zo maak je het

stap 1: Kook de eiermie volgens de beschrijving op de verpakking. Snijd de kipfilet in reepjes.

stap 2: Verhit de olijfolie in een soeppan en bak de kipfilet lichtbruin. Voeg de wokgroente toe en bak deze 4 tot 5 minuten mee.

stap 3: Schenk de kippenbouillon erbij en breng de soep aan de kook. Verdeel de mie over 4 kommen en schenk de hete soep erover.

OOK LEKKER IN DE SOEP:

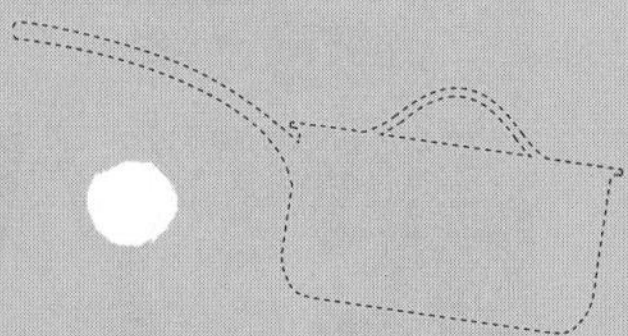

ORANJE FEESTSOEPJE

voor KONINGSDAG

Ingrediënten
voor 4 - 6 kommen

voor het soepje

- 4 wortels
- ½ oranje pompoen (ongeveer 500 g)
- 50 ml honing
- 50 ml milde olijfolie
- 2 teentjes knoflook
- 1 l bouillon
- 500 ml kokosmelk
- 1 el komijn

voor de kruidenroom

- 1 sinaasappel
- 4 takjes peterselie
- 4 el crème fraîche

★ *Vanaf 8 jaar* ★

voorbereiden	20 minuten
in de oven	45 minuten
pureren + serveren	10 minuten

Bereiding

stap 1: Vraag je ouders om de oven voor te verwarmen op 200 °C. Was de wortels en snijd ze in grote stukken. Kijk of de schil van de pompoen er goed uitziet. Meestal is het niet nodig om hem te schillen. Maak hem schoon en hak hem in grote stukken.Vraag je ouders om je daarbij te helpen.

stap 2: Leg een vel bakpapier op de bakplaat en leg hier de pompoen en de wortel op. Druppel de honing en de olijfolie eroverheen. Pers de knoflook uit en verdeel die ook over de groenten. Rooster alles 45 minuten in de oven.

stap 3: Doe de bouillon in een pan en verwarm hem. Doe de geroosterde groenten, de kokosmelk en de komijn erbij. Pureer de soep met een staafmixer.

stap 4: Rasp de schil van de sinaasappel en hak de peterselie fijn. Houd een beetje sinaasappelrasp en peterselie apart. Roer de rest door de crème fraîche. Verdeel de soep over de kommen. Schep een flinke lepel kruidenroom op de soep. Strooi de overgebleven sinaasappelrasp en peterselie erover.

WEL ZWAAR
ZO'N POMPOEN!
GELUKKIG HEB JE
VOOR DEZE SOEP
MAAR EEN HALVE
NODIG.

DOPERWTENSOEP MET VERSE MUNT

Dit heb je nodig
voor 4 kommen

- 2 sjalotjes
- 2 el olijfolie
- 500 g (diepvries)doperwten
- 1 liter groentebouillon (vers of bouillonblokje)
- 2 el verse munt
- 1 tl gedroogd bonenkruid
- peper en zout
- 125 ml slagroom

★ Vanaf 7 jaar ★

bereiden	15 minuten

Zo maak je het

stap 1: Snijd de sjalotjes fijn. Verhit de olijfolie in een soeppan en bak de sjalotjes 3 minuten terwijl je goed roert. Doe de doperwten erbij en roerbak ze 1 minuut mee. Schenk de bouillon in de pan en breng de soep aan de kook. Laat hem 5 minuten zachtjes koken. Snijd de munt fijn. Voeg de laatste 2 minuten het bonenkruid en de munt toe.

stap 2: Pureer de soep met een staafmixer en breng hem op smaak met peper en zout.

stap 3: Klop de slagroom tot hij dik is, maar niet helemaal stijf. Verdeel de soep over de kommen. Schep een flinke lepel geklopte room op de soep.

IN PLAATS VAN MUNT KUN JE OOK VERSE BASILICUM DOOR DE SOEP DOEN.

JE KUNT EEN DEEL VAN DE DOPERWTEN APART HOUDEN EN ZE PAS NA HET PUREREN VAN DE SOEP ERBIJ DOEN.

MMM ... LEKKER MET EEN STUKJE VERS BROOD

warme

STARTERS

TERWIJL DE CHICKEN WINGS IN DE OVEN STAAN, KUN JE DE AIOLI MAKEN.

CHICKEN WINGS

Dit heb je nodig
voor 4 personen

voor de chicken wings

- 5 el honing
- 1 tl paprikapoeder
- 1 tl kerrie
- 1 tl gedroogde oregano
- 2 teentjes knoflook
- peper en zeezout
- 400 g kippenvleugeltjes
- takjes verse oregano

voor de aioli

- 1 teentje knoflook
- 200 ml mayonaise
- 1 el verse dille
- 100 ml extra vergine olijfolie

Zo maak je het

stap 1: Doe de honing, het paprikapoeder, de kerrie en de gedroogde oregano in een kom. Snijd de teentjes knoflook in kleine stukjes en roer ze door de honing. Strooi er een beetje peper en zeezout over. Doe de kippenvleugeltjes erbij en roer alles goed met je handen door elkaar. Doe een stuk huishoudfolie of aluminiumfolie over de kom en laat de saus 1 uur in de kippenvleugeltjes trekken.

stap 2: Vraag je ouders om de oven voor te verwarmen op 200 °C. Doe een vel bakpapier in een ovenschaal. Schep de kippenvleugeltjes in de schaal en bak ze 40 minuten in de oven.

stap 3: Snijd de knoflook in kleine stukjes. Doe de mayonaise, de knoflook, de dille en de olijfolie erbij en roer alles goed door elkaar. Serveer de chicken wings met de aioli en takjes verse oregano.

★ *Vanaf 8 jaar* ★

voorbereiden	15 minuten
marineren	60 minuten
in de oven	40 minuten
aioli maken	10 minuten

GEVULDE PAPRIKA

Dit heb je nodig
voor 4 personen

voor de paprika's

- 1 prei
- klontje boter
- 100 g gehakt
- ½ tl paprikapoeder
- ½ tl knoflookpoeder
- peper en zout
- 2 paprika's
- 1 bolletje mozzarella

om te serveren

- 1tl chilikruiden of fajitakruiden
- 100 ml mayonaise
- 100 g tortillachips

★ *Vanaf 9 jaar* ★

voorbereiden	15 minuten
in de oven	10 minuten
serveren	10 minuten

Zo maak je het

stap 1: Snijd de prei in ringetjes en was ze goed om al het zand te verwijderen. Smelt een beetje boter in een koekenpan. Doe het gehakt, de prei, het paprikapoeder, het knoflookpoeder en een beetje peper en zout erbij. Roerbak het gehakt 10 minuten.

stap 2: Vraag je ouders om de oven voor te verwarmen op 200 °C. Snijd de paprika's in tweeën. Haal de pitjes eruit en vul de paprikahelften met het gehakt. Gril de paprika's 10 minuten in de oven.

stap 3: Verkruimel de mozzarella over de paprika's. Roer de kruiden door de mayonaise. Serveer de paprika's met de mayonaise en de tortillachips.

GOED IDEE!

Ook lekker: gebruik voor de kruidensaus crème fraîche in plaats van mayonaise.

KNAPPERIG

GRIL DE TORTILLA-CHIPS MEE IN DE OVEN EN SERVEER ZE WARM.

EEN TORENTJE VAN POFFERTJES MET HAM IS OOK LEKKER!

ZALMTORENTJES

Dit heb je nodig

voor 4 torentjes

voor de poffertjes

- 150 ml volle melk
- 2 el suiker
- 2 eieren
- 150 g zelfrijzend bakmeel
- roomboter

voor de garnering

- 200 g verse zalm
- ½ citroen
- peper en zout
- 200 g mascarpone
- 1 bosje verse dille

Benodigdheden

- poffertjespan

★ *Vanaf 8 jaar* ★

poffertjes bakken	15 minuten
torentjes maken	20 minuten

Zo maak je het

stap 1: Maak eerst de poffertjes. Doe de melk, de suiker en de eieren in een grote kom. Roer alles goed door elkaar met een garde. Strooi beetje bij beetje het meel erbij en blijf roeren tot je een glad beslag hebt.

stap 2: Verwarm de poffertjespan en smelt een beetje boter in ieder kuiltje. Schep het beslag voorzichtig in de kuiltjes. Bak de poffertjes 1 tot 2 minuten aan iedere kant en leg ze op een bord.

stap 3: Snijd de zalm in stukjes. Was de citroen en rasp de schil. Roer de citroenrasp en wat peper en zout door de mascarpone. Smeer een beetje mascarpone op elk poffertje en leg er een paar stukjes zalm op. Stapel twee poffertjes op elkaar en zet ze vast met een prikkertje. Versier de zalmtorentjes met een takje verse dille.

LEKKER MAKKELIJK:
KOOP KANT-EN-KLARE POFFERTJES EN GA VERDER BIJ STAP 3.
(Vanaf 6 jaar)

KOKEN
ALS EEN
CHEF-KOK!

TORTELLINISPIESJES MET GARNALENSAUS

Dit heb je nodig
voor 8 spiesjes

- 16 tortellini
- milde olijfolie
- 200 g kruidenroomkaas
- 50 ml melk
- peper en zout
- 200 g Hollandse garnalen
- verse dille

Benodigdheden

- 8 satéprikkers

★ *Vanaf 6 jaar* ★

tortellinispiesjes	10 minuten
garnalensaus	10 minuten

Zo maak je het

stap 1: Kook de tortellini in een pannetje met water in 5 minuten beetgaar. Giet ze af. Roer er een scheutje olijfolie door, zodat ze niet aan elkaar gaan plakken. Rijg twee tortellini aan elke prikker.

LET GOED OP DAT JE DE TORTELLINI NIET TE LANG KOOKT. ZE MOETEN BEETGAAR EN STEVIG ZIJN.

stap 2: Smelt de kruidenkaas in een pannetje. Roer de melk en wat peper en zout door de kaas. Verdeel de saus over 4 kommetjes. Schep in elk kommetje een grote lepel garnalen. Serveer de garnalensaus met de tortellinispiesjes en een beetje verse dille.

OOK LEKKER MET VIS

GEBRUIK IN PLAATS VAN GARNALEN STUKJES VERSE ZALM OF FOREL.

DRESSING ERBIJ?
NEEM EEN HANDVOL
BASILICUMBLAADJES,
50 GRAM PIJNBOOM-
PITJES, 2 TEENTJES
KNOFLOOK EN
100 ML EXTRA
VERGINE OLIJFOLIE.

MIX ALLES IN DE
KEUKENMACHINE TOT
JE EEN GLADDE
DRESSING HEBT.

TORENTJES VAN GEGRILDE GROENTEN

Dit heb je nodig

voor 4 stuks

- 1 rode paprika
- 1 gele paprika
- 1 courgette
- 1 aubergine
- 2 el honing
- milde olijfolie
- 1 bol buffelmozzarella
- 4 kerstomaatjes
- 50 g pijnboompitjes
- takjes verse munt

Benodigdheden

- 4 satéprikkers

★ *Vanaf 9 jaar* ★

voorbereiden	50 minuten
in de oven	15 minuten
dressing + serveren	10 minuten

Zo maak je het

stap 1: Snijd de paprika's in kwarten. Snijd de courgette in plakjes. Snijd de aubergine horizontaal in 8 lange repen. Smeer de honing met een kwastje op de repen aubergine. Doe een beetje olijfolie in een grillpan. Gril de aubergine 3 minuten aan elke kant. Schep de gegrilde aubergine op een bord. Gril nu de paprikastukken 5 minuten in de grillpan. Schep ze op een bord. Gril als laatste de courgetteplakjes 3 minuten aan beide kanten in de grillpan en schep ze op een bord.

stap 2: Vouw de aubergine-repen om de stukken paprika heen. Laat de mozzarella uitlekken en snijd hem in 4 dikke plakken. Vraag je ouders om de oven voor te verwarmen op 200 °C. Leg een stuk bakpapier op de bakplaat.

stap 3: Prik een kerstomaatje aan een satéprikker. Prik er vervolgens een stuk paprika met aubergine, een plak mozzarella, twee plakken courgette en een tweede stuk paprika met aubergine aan. Zet de groentetorentjes op het bakpapier. Stop de pijnboompitjes tussen de groentelagen en strooi de rest om de torentjes heen. Rooster de groentetorentjes 15 minuten in de oven.

stap 4: Versier de torentjes met een takje verse munt.

HOOFD GERECHTEN

VOOR ECHTE BIKKELS

SNIJD EEN ROOD PEPERTJE IN DUNNE RINGETJES. STROOI DE RINGETJES OVER HET GERECHT. PAS OP: SÚPERSCHERP!

MAROKKAANSE GEHAKTBALLETJES

Dit heb je nodig
voor 4 personen

- 100 g pistachenootjes
- 1 ui
- 1 bosje munt
- 1 bosje koriander
- 200 g rundergehakt
- 200 g champignons
- 1 ei
- 2 teentjes knoflook
- 2 tl komijnzaadjes
- 2 tl kaneel
- grofgemalen peper en zout
- milde olijfolie

★ *Vanaf 9 jaar* ★

balletjes + saus	60 minuten
serveren	10 minuten

Zo maak je het

stap 1: Pel de pistachenootjes. Snijd de ui in stukjes. Snijd de munt en de koriander fijn.

stap 2: Doe het rundergehakt, de champignons, het ei, de pistachenootjes, de helft van de gesneden ui en 1 teentje knoflook in de keukenmachine. Doe de helft van de munt en de koriander erbij. Roer er ook 1 theelepel komijnzaadjes, 1 theelepel kaneel en grofgemalen peper en zeezout doorheen. Mix het gehaktmengsel goed door elkaar. Draai er kleine gehaktballetjes van.

stap 3: Snijd het andere teentje knoflook fijn. Doe wat olijfolie in een wok en fruit hierin de rest van de gesneden ui, de knoflook, 1 theelepel komijnzaadjes en 1 theelepel kaneel. Laat alles 5 minuten sudderen. Doe er dan 200 ml water bij en laat de saus een beetje inkoken. Doe na 5 minuten de gehaktballetjes erbij en stoof ze in 25 minuten gaar in de saus. Kook ondertussen de couscous zoals aangegeven op de verpakking.

stap 4: Strooi de munt en de koriander over de Marokkaanse balletjes en serveer ze samen met de couscous.

LASAGNE MET HAM EN VERSE GROENTEN

Dit heb je nodig
voor 4 personen

- 12 vellen lasagne
- 1 courgette
- 1 winterwortel
- 1 rode paprika
- 1 l gekruide tomatensaus
- 12 plakken gekookte ham
- 100 g geraspte kaas

★ *Vanaf 8 jaar* ★

voorbereiden	30 minuten
bakken	30 minuten

Zo maak je het

stap 1: Kook de lasagnevellen zoals aangegeven op de verpakking. Snijd de courgette en de winterwortel in plakken. Verwijder de zaadjes van de rode paprika en snijd hem in ringen.

stap 2: Vraag je ouders om de oven voor te verwarmen op 200 °C. Vet een ovenschaal in met een beetje boter of milde olijfolie. Schep een laag tomatensaus in de ovenschaal. Leg hier eerst een laagje lasagnevellen op en daarna een paar plakken courgette en wortel, ringen paprika en een paar plakken ham. Schep er weer een laag tomatensaus over. Herhaal deze lagen tot de lasagnevellen, de ham en de groenten op zijn. Eindig met een laagje tomatensaus.

stap 3: Strooi de geraspte kaas over de lasagne en bak hem 30 minuten in de oven.

MMM ... LEKKER!

ZO WORDT IE OOK LEKKER ...

IDEETJES VOOR DE PESTO

HEB JE WELEENS VAN RUCOLAPESTO GEHOORD? OF VAN SPINAZIEPESTO? GEBRUIK IN PLAATS VAN BASILICUM EN MUNT EEN HANDJE SPINAZIE-BLAADJES OF RUCOLA.

HOUD JE NIET VAN GEITENKAAS? GEBRUIK DAN WAT PARMEZAANSE KAAS OF BLOKJES GEWONE KAAS.

PASTA MET SPEKJES EN VERSE PESTO

Dit heb je nodig

voor 4 personen

voor de pesto

- 100 g jonge geitenkaas
- 100 g pijnboompitjes
- 1 teentje knoflook
- 300 ml extra vergine olijfolie
- ½ bosje munt
- ½ bosje basilicum
- peper en zeezout

voor de pasta

- 2 teentjes knoflook
- 400 g spekblokjes
- 400 g pasta
- 400 g (diepvries)erwtjes
- 4 el extra vergine olijfolie
- paar takjes basilicum

★ *Vanaf 9 jaar* ★

pesto maken	15 minuten
pasta maken	20 minuten

Zo maak je het

stap 1: Snijd de geitenkaas in stukjes en doe deze in de blender. Doe de pijnboompitjes, de knoflook, de olijfolie, de munt, het basilicum en een beetje peper en zeezout erbij. Mix alles tot je een gladde pesto hebt.

stap 2: Snijd de knoflook in kleine stukjes. Bak de spekjes en de knoflook in een koekenpan tot de spekjes krokant zijn.

stap 3: Breng een pan met water aan de kook. Doe de pasta in het water en kook hem 6 minuten. Doe dan de erwtjes erbij en laat alles nog 2 minuten doorkoken.

stap 4: Giet de pasta af. Roer de olijfolie, de spekjes en 6 flinke eetlepels pesto door de pasta. Serveer de pasta in kommetjes en leg er takjes verse basilicum op.

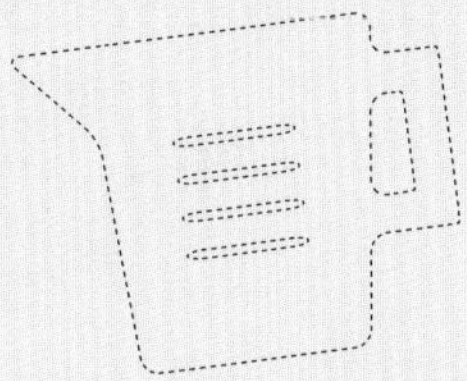

TIP VAN DE CHEF-KOK
ROER WAT KLONTJES ROOMBOTER DOOR DE AARDAPPELPUREE.

VISPAKKETJES MET ERWTJES EN PUREE

Dit heb je nodig
voor 4 personen

- 5 grote aardappelen
- 4 grote stukken witvis (tilapia, panga of kabeljauw)
- 1 bosje verse peterselie
- 100 ml kokosmelk
- peper en zout
- 1 teentje knoflook
- 100 ml slagroom
- 500 g erwtjes (diepvries)
- takje verse munt
- 50 ml extra vergine olijfolie

★ Vanaf 9 jaar ★

aardappels schillen	20 minuten
vispakketjes	35 minuten
aardappelpuree	30 minuten
erwtjes	10 minuten

Zo maak je het

stap 1: Vraag je ouders om de oven voor te verwarmen op 200 °C. Schil de aardappelen.

stap 2: Knip 4 rechthoeken uit een vel bakpapier. Snijd de vis in grote blokken en hak de peterselie fijn. Verdeel de vis over de stukken bakpapier. Knoop de uiteinden van het bakpapier samen met een stukje touw, zodat je bakjes krijgt. Doe de kokosmelk, de peterselie en wat peper en zout in een kom. Roer dit goed door elkaar en giet het over de vis in het bakpapier. Vouw de vispakketjes goed dicht en leg ze op de bakplaat. Bak de pakketjes 25 minuten in de oven.

stap 3: Kook de aardappelen 25 minuten in een pan met water Giet de aardappels af en stamp ze fijn. Pers het teentje knoflook uit boven de puree. Doe de slagroom en een beetje peper en zout erbij en roer alles goed door elkaar.

stap 4: Zet een pan water op het vuur. Als het water kookt, kook je hier 2 minuten de erwtjes in. Giet de erwtjes af en doe ze in een kom. Knip de munt fijn boven de erwtjes. Giet de olijfolie erbij en roer de erwtjes goed door. Serveer de vispakketjes met de erwtjes en de aardappelpuree.

TIP
SNIJD WAT PETERSELIE FIJN EN SNIJD EEN CITROEN IN PARTJES.

KIBBELING MET RAVIGOTESAUS

Dit heb je nodig
voor 4 personen

voor de saus

- 2 el kappertjes
- 2 zoetzure augurkjes
- 1 tl dragon of kervel
- 3 el mayonaise
- 1 el zure room
- peper en zout

voor de kibbeling

- 400 g kabeljauwfilet
- peper en zout
- 150 g bloem
- 150 ml melk
- ½ tl cayennepeper
- zonnebloemolie

★ *Vanaf 10 jaar* ★

saus maken	15 minuten
vis bakken	20 minuten

Zo maak je het

stap 1: Hak de kappertjes fijn. Snijd de augurkjes in kleine stukjes. Snijd de dragon of de kervel fijn. Klop de mayonaise, zure room, kappertjes, augurk, dragon of kervel door elkaar en breng de ravigotesaus op smaak met peper en zout.

stap 2: Snijd de kabeljauw in grove stukken. Bestrooi de vis met peper en zout. Doe de bloem, de melk en de cayennepeper in een kom. Roer alles goed door elkaar tot je een dik beslag hebt. Doe er nog een beetje zout bij voor de smaak.

stap 3: Vraag je ouders om de zonnebloemolie tot 180 °C te verwarmen in een wok. Vraag ze ook om je te helpen met het frituren. Haal de kabeljauw door het beslag en bak de stukken vis 5 minuten in de wok. Leg een paar vellen keukenpapier op een bord. Schep de kabeljauw met een schuimspaan uit de olie en laat hem uitlekken op het keukenpapier.

stap 4: Serveer de kibbeling met de ravigotesaus.

OOK EEN PRIMA COMBI: KIBBELING, SALADE MET FRUIT EN KRUIDENBROOD, KIJK OP PAGINA 61.

EERST EVEN ZELF DE VIS VANGEN!!

MEXICAANSE AARDAPPELS

Dit heb je nodig
voor 8 stuks

- 8 aardappels met schil
- 1 limoen
- ½ rode paprika
- 200 g zalmsnippers
- takje verse koriander

voor de guacamole

- 1 avocado
- 100 g crème fraîche
- 2 takjes verse dille of bieslook
- 2 takjes koriander
- peper en zout

★ *Vanaf 8 jaar* ★

aardappels koken	40 minuten
aardappels poffen	30 minuten
guacamole	15 minuten
serveren	15 minuten

Zo maak je het

stap 1: Vraag je ouders om de oven voor te verwarmen op 200 °C. Was de aardappels goed en doe ze met wat water in een pan. Kook de aardappels in 10 minuten halfgaar. Verpak de aardappels in aluminiumfolie en pof ze in 30 minuten helemaal gaar in de oven.

stap 2: Prak de avocado fijn in een kom. Doe de crème fraîche, de dille of bieslook, de koriander en peper en zout erbij. Meng alles goed door elkaar. Zet de guacamole in de koelkast.

stap 3: Snijd de limoen in partjes. Snijd de paprika in heel kleine stukjes. Haal de gepofte aardappels uit het aluminiumfolie en snijd met een scherp mesje een kruis in de bovenkant. Knijp zachtjes in de onderkant van de aardappels, zodat ze een beetje open gaan staan. Schep een flinke lepel guacamole op de aardappels en strooi de zalmsnippers eroverheen. Leg op elke aardappel een takje verse koriander en wat rode paprika. Serveer de aardappels met de partjes limoen.

PIZZA

Dit heb je nodig
voor 1 pizza

- 200 g spelt- of tarwebloem
- 1 tl zeezout
- 1 zakje gist
- 1 el suiker
- 5 grote trostomaten
- 1 el oregano
- 4 takjes basilicum
- 2 el suiker
- 200 g mozzarellabolletjes
- 100 g kerstomaatjes
- peper en zout
- 1 potje pesto

★ *Vanaf 8 jaar* ★

deeg maken	20 minuten
laten rijzen	120 minuten
pizza maken	15 minuten
in de oven	30 minuten

Zo maak je het

stap 1: Doe de bloem en het zeezout in een beslagkom. Maak een kuiltje in het midden en strooi daar de gist in. Los de suiker op in 125 milliliter lauw water en giet dit langzaam in het kuiltje. Roer alles goed door elkaar. Maak het aanrecht schoon en strooi er een beetje bloem op. Kneed het deeg 10 minuten goed met je handen door op het aanrecht. Doe het deeg terug in de kom en leg er een schone theedoek overheen. Laat het deeg op een warme plaats 2 uur rijzen.

stap 2: Vraag je ouders om de oven voor te verwarmen op 200 °C. Leg een vel bakpapier op de bakplaat. Strooi weer wat bloem op het aanrecht. Rol het deeg met een deegroller uit tot een grote cirkel van ongeveer 30 cm doorsnede. Leg het deeg op het bakpapier.

stap 3: Snijd de trostomaten in stukjes. Houd een beetje apart en doe de rest in een blender. Doe de oregano, het basilicum en de suiker erbij en mix alles tot je tomatensaus hebt. Smeer de saus op de pizza en leg de stukjes tomaat, de mozzarellabolletjes en de kerstomaatjes erop. Strooi er nog een beetje peper en zout over. Bak de pizza 30 minuten in de oven.

stap 4: Serveer de pizza op een plank en schep er lekker veel pesto over.

WIL JE DE PESTO ZELF MAKEN? KIJK DAN OP PAGINA 36 EN 37.

DEZE PASTA
ZONDER VLEES IS
ZO LEKKER!

ROMIGE PASTA MET CHAMPIGNONS

Dit heb je nodig
voor 4 personen

- 125 g champignons
- 75 g rucola
- 300 g spaghetti
- 200 g roomkaas met tuinkruiden
- 100 ml melk
- 1 el milde olijfolie

★ *Vanaf 7 jaar* ★

bereiden	20 minuten

Zo maak je het

stap 1: Maak de champignons schoon en snijd ze in vieren. Snijd de rucola een paar keer door. Kook de spaghetti zoals aangegeven op de verpakking.

KOOK DE SPAGHETTI NIET TE LANG, ZORG DAT HIJ MAAR NET EEN BEETJE ZACHT IS.

stap 2: Smelt de roomkaas in een pannetje en roer de melk erdoor. Verhit de olijfolie in een koekenpan en doe de champignons erbij. Bak de champignons 5 minuten. Roer de roomkaassaus, de champignons en de rucola door de spaghetti.

WAT ZOU JIJ ANDERS DOEN?

GROENTEBURGER

Dit heb je nodig
voor 4 burgers

- 250 g wortel
- 75 g hazelnoten
- 2 el peterselie
- 2 eieren
- 50 g geraspte belegen kaas
- 100 g broodkruim
- peper en zout
- 2 el milde olijfolie
- 2 kaiserbroodjes
- 4 el mayonaise
- handje rucola

Zo maak je het

stap 1: Rasp de wortel. Hak de hazelnoten en de peterselie fijn. Vraag je ouders om de eierdooiers te scheiden van het eiwit. Doe de wortel, de hazelnoten, de kaas, de peterselie, het broodkruim en de eierdooiers in een kom. Strooi er een beetje peper en zout over en roer alles goed door elkaar. Maak 4 burgers van het mengsel.

stap 2: Verhit de olijfolie in een koekenpan en bak de hamburgers een paar minuten aan beide kanten.

stap 3: Snijd de broodjes open en smeer de mayonaise op de onderste helft. Leg de rucola op de mayonaise en daarbovenop de groenteburgers. Dek de broodjes af met de andere helft.

★ *Vanaf 8 jaar* ★

voorbereiden	20 minuten
bakken	5 minuten
belggen	10 minuten

AMERICAN STYLE
SERVEER DE BURGER MET LEKKERE FRIETJES!

KOMKOMMERSALADE

SNIJD EEN KOMKOMMER IN DUNNE REEPJES. DOE ER EEN EETLEPEL PLATTE PETERSELIE BIJ.

MENG EEN BEETJE CITROENSAP, OLIJFOLIE EN PEPER EN ZOUT IN EEN KOMMETJE EN GIET DE SAUS OVER DE KOMKOMMER. ROER ALLES GOED DOOR ELKAAR.

tussendoor

OF ERBIJ

GROENTEFRIET MET AVOCADODIP

Dit heb je nodig

voor 8 zakjes

voor de groentefriet

- 2 rode paprika's
- 2 gele paprika's
- 1 grote komkommer
- 1 winterwortel

voor de dip

- 1 rijpe avocado
- 200 g hüttenkäse
- 1 tl citroensap
- peper en zout

Benodigdheden

- knutselpapier

★ Vanaf 6 jaar ★

groenten snijden	15 minuten
dip maken	10 minuten
frietzakjes maken	20 minuten

Zo maak je het

stap 1: Snijd de paprika's in tweeën, haal de zaadjes eruit en snijd ze in lange, dunne repen. Was de komkommer en snijd hem over de lange kant doormidden. Schraap met een lepel de zaadjes eruit. Snijd de komkommer in lange dunne repen. Schil de winterwortel en snijd hem ook in lange dunne repen.

stap 2: Snijd de avocado open, haal de pit eruit en schep het vruchtvlees in een kom. Prak dit met een vork fijn en roer de hüttenkäse en het citroensap erdoor. Breng de avocadodip op smaak met peper en zout.

stap 3: Maak frietzakjes van knutselpapier. Vul de zakjes met de groenten en schep er een lepel avocadodip op.

HEB JE EEN GOED IDEE?

JE KUNT DE GROENTEN OOK OP EEN GROTE SCHAAL LEGGEN, MET DE DIP IN HET MIDDEN.

als je JARIG bent

KIJK GOED UIT:
SNIJD NIET IN
JE VINGERS!
DUS ... BRIL OP!

CHIPS VAN VERSE GROENTEN

Dit heb je nodig
voor 4 personen

- 1 winterwortel
- 1 courgette
- 1 aardappel
- 1 zoete aardappel
- 1 rode biet
- 100 g sperzieboontjes
- 1 pastinaak
- 50 ml milde olijfolie
- grofgemalen zeezout

★ *Vanaf 10 jaar* ★

voorbereiden	30 minuten
in de oven	15 minuten
serveren	5 minuten

Zo maak je het

stap 1: Vraag je ouders om de oven voor te verwarmen op 175 °C. Leg een vel bakpapier op de bakplaat. Snijd de wortel, de courgette, de aardappel, de zoete aardappel en de biet in dunne plakjes. Gebruik hiervoor een dunschiller, een kaasschaaf of een scherp mesje. Hak de puntjes van de sperziebonen en snijd de pastinaak in reepjes.

stap 2: Leg alle groenten op de bakplaat. Giet de olijfolie in druppeltjes over de groenten en strooi er wat zeezout overheen. Gril de groenten 15 minuten in de oven.

HOUD DE OVEN GOED IN DE GATEN: DE ENE OVEN GAAT SNELLER DAN DE ANDERE. OMDAT DE GROENTEN ZO DUN GESNEDEN ZIJN, ZULLEN ZE OOK SNEL GOUDBRUIN EN KNAPPERIG WORDEN.

stap 3: Laat de groenten afkoelen op een rooster en strooi er daarna wat extra zeezout over.

GEVULDE APPELTJES

Dit heb je nodig

voor 4 appels

voor de appels

- 4 appels (goudrenetten)
- 50 g roomboter
- 50 g rietsuiker
- 50 g honing
- 1 tl kaneel
- 100 g rozijnen

voor de rijstepap

- 1 vanillestokje
- 500 ml slagroom
- 500 ml volle melk
- 50 g poedersuiker
- 200 g dessertrijst

★ *Vanaf 7 jaar* ★

voorbereiden	20 minuten
in de oven	30 minuten
rijstepap maken	20 minuten

Zo maak je het

stap 1: Vraag je ouders om de oven voor te verwarmen op 175 °C. Leg een vel bakpapier op de bakplaat. Snijd de bovenkant van de appels af en hol de onderkant uit met een appelboor. Zet de appels op de bakplaat.

stap 2: Smelt de boter en de suiker in een pannetje. Doe de honing, de kaneel en de rozijnen erbij. Roer alles 2 minuten goed door elkaar tot je een stroperige saus hebt. Giet de saus in de uitgeholde appels, doe de kapjes erop en bak ze een half uur in de oven.

stap 3: Vraag je ouders om het merg uit het vanillestokje te halen. Doe de slagroom, de melk, het vanillemerg en de poedersuiker in een pannetje. Breng dit mengsel aan de kook. Doe de dessertrijst erbij en roer alles regelmatig door. Laat de rijstepap in ongeveer een kwartier gaar koken.

stap 4: Haal de appels uit de oven. Bind een strikje om de steeltjes van de appels en serveer ze met de rijstepap.

JE KUNT EEN BEETJE NOOTMUSKAAT, KANEEL OF BRUINE SUIKER DOOR DE PAP ROEREN.

LEKKER MAKKELIJK:
KOOP KANT-EN-KLARE RIJSTEPAP EN SLA STAP 3 OVER.

voor de KERST

LEKKER MET EEN STUKJE STOKBROOD MET KRUIDENBOTER.

SPEKSTOKJES

Dit heb je nodig voor 4 personen

- 50 ml olijfolie
- 1 teen knoflook
- 50 ml ketjap
- 1 el honing
- 1 el gembersap
- 1 tl paprikapoeder
- 1 gemberbolletje
- 4 speklapjes

Benodigdheden

- lange vleesspiesen

★ *Vanaf 7 jaar* ★

voorbereiden	10 minuten
marineren	120 minuten
op de vuurkorf	10 minuten

Zo maak je het

stap 1: Doe de olijfolie in een diep bord. Pers de knoflook uit boven de olie. Doe de ketjap, de honing, het gembersap en het paprikapoeder erbij. Roer alles goed door elkaar. Snijd het gemberbolletje in heel kleine stukjes en doe deze bij de marinade. Snijd de speklapjes in repen van ongeveer twee centimeter. Schep de repen door de marinade en zet ze 2 uur afgedekt in de koelkast.

stap 2: Vraag je ouders om de vuurkorf aan te steken. Wacht ongeveer 10 minuten tot de vlammen niet meer boven de vuurkorf uit komen. Draai de speklaprepen om de vleesspiesen.

ZORG DAT JE HET UITEINDE VAN DE SPIES VRIJ HOUDT, ZODAT JE DE STOKKEN GOED VAST KUNT HOUDEN.

Rooster de spekstokjes ongeveer 10 minuten boven het vuur. Draai ze regelmatig rond, zodat het vlees niet aanbrandt.

Dit recept bak je buiten. Pas wel op met het vuur!

DE SALADE EN HET BROOD SMAKEN LEKKER BIJ KIBBELING, ZIE PAGINA 41.

SALADE MET FRUIT

Dit heb je nodig
voor 4 personen

- 100 g spinazieblaadjes
- 2 wilde (platte) perziken
- 100 g bosbessen
- 200 g spekjes
- 200 g geitenkaas
- 1 citroen
- 1 el honing
- 1 el mosterd
- 50 ml extra vergine olijfolie
- 1 tl dille

Zo maak je het

stap 1: Was de spinazieblaadjes en leg ze op een groot bord. Was de perziken en snijd ze in plakjes. Leg de perzikplakjes en de bosbessen op de spinazie. Brokkel de geitenkaas eroverheen. Bak de spekjes ongeveer 5 minuten in een koekenpan tot ze krokant zijn. Verdeel de spekjes over de salade.

stap 2: Pers de citroen uit. Doe het citroensap, de honing, de mosterd, de olijfolie en de dille in een kommetje. Roer alles goed door elkaar en sprenkel de dressing over de salade.

KRUIDENBROOD

Dit heb je nodig
voor 1 brood

- 1 stokbrood
- 1 teenje knoflook
- 1 bosje platte peterselie
- 100 ml milde olijfolie

★ *Vanaf 7 jaar* ★

salade	25 minuten
kruidenbrood	20 minuten

Zo maak je het

stap 1: Vraag je ouders om de oven voor te verwarmen op 180 °C. Maak een paar sneetjes in de bovenkant van een stokbrood. Pers de knoflook boven een kommetje. Snijd de peterselie fijn en doe hem bij de knoflook. Giet de olijfolie erbij en roer de kruidenolie goed door. Schep de olie met een lepeltje in de sneetjes die je in het brood hebt gemaakt. Wikkel aluminiumfolie om het brood en bak het 10 minuten in de oven.

ideeën voor de LUNCH

DOE EENS WAT ANDERS IN JE BOTERHAMTROMMEL, EEN WRAP BIJVOORBEELD.

JE KUNT ZE OP ALLERLEI MANIEREN BELEGGEN.

GEMAKKELIJK:
ROL EEN PLAKJE HAM, EEN PLAKJE KAAS EN WAT SLA IN EEN WRAP... OOK LEKKER!

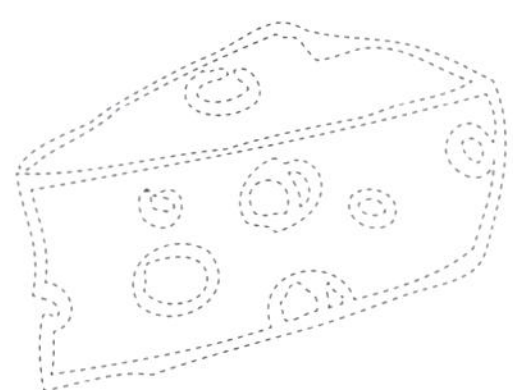

WRAPS IN JE LUNCHBOX

Dit heb je nodig
voor 4 wraps

wraps met tomaat

- 2 kleine wraps
- 50 ml pesto
- 1 tomaat
- handje rucola of spinazie
- pijnboompitjes

voor de koolsalade-wrap

- ¼ spitskool
- ¼ rode kool
- ½ winterwortel
- 1 tl tomatenketchup
- 1 el mayonaise
- 1 el azijn
- scheut melk
- peper en zout
- plakjes kipfilet
- 4 wraps

★ *Vanaf 9 jaar* ★

wrap met tomaat	15 minuten
koolsalade-wrap	20 minuten

Zo maak je het

wraps met tomaat: Snijd de tomaat in plakjes. Rooster de wraps in een koekenpan. Smeer de pesto op de wraps en leg hier de plakjes tomaat, de rucola of spinazie en de pijnboompitjes op. Rol de wraps op, snijd ze in tweeën en bind er een lintje omheen.

koolsalade-wrap: Rasp de spitskool, de rode kool en de wortel en meng ze door elkaar. Roer de tomatenketchup door de mayonaise. Roer de azijn en de melk erdoor en breng de saus op smaak met peper en zout. Schep de saus door de geraspte groenten. Zet de koolsla 4 uur in de koelkast, zodat de saus goed in de kool kan trekken. Leg plakjes kipfilet op de wraps en schep hier de koolsla op. Rol de wraps op en wikkel ze in aluminiumfolie.

HEERLIJKE COMBI! KOOLSALADE-WRAP EN EEN BANAAN.

MET ZO'N LUNCH KUN JE ER DE HELE MIDDAG WEER TEGENAAN!

TORTILLAPARTJES MET KIP EN CHORIZO

Dit heb je nodig

voor 8 stuks

voor de salade

- 2 lente-uitjes
- 200 g gerookte kip
- 100 g chorizo
- 100 g mais uit blik
- 4 takjes verse koriander
- 100 g verse snijbiet
- extra vergine olijfolie
- grofgemalen peper
- grofgemalen zeezout

voor de tortilla

- 50 ml milde olijfolie
- 4 tortilla's

★ *Vanaf 7 jaar* ★

voorbereiden	10 minuten
bakken en serveren	10 minuten

Zo maak je het

stap 1: Snijd de lente-uitjes in ringetjes. Snijd de gerookte kip en de chorizo in plakjes. Doe de mais, de lente-uitjes, de gerookte kip, de chorizo, de koriander, de snijbiet, een scheut olijfolie en peper en zeezout in een kom. Meng alles goed door elkaar.

stap 2: Doe een scheutje olijfolie in een koekenpan en rooster daarin de wraps tot ze knapperig zijn. Leg twee tortilla's op een plank. Schep hier de salade op en dek ze af met de andere twee tortilla's. Snijd de tortilla's in kwarten.

GEBRUIK SNIJBIET MET DUNNE STELEN EN ZACHT BLAD.

BROODROLLETJE MET SANDWICHSPREAD

Dit heb je nodig
voor 8 rolletjes

- 8 sneetjes brood
- 8 el sandwichspread
- ½ bakje tuinkers

★ *Vanaf 6 jaar* ★

voorbereiden	15 minuten
koelen	30 minuten

Zo maak je het

stap 1: Snijd de korsten van de sneetjes brood en rol ze plat met een deegroller. Smeer de sandwichspread op de sneetjes en strooi er tuinkers over.

stap 2: Rol de sneetjes strak op en doe er huishoudfolie omheen. Laat de rolletjes 20 tot 30 minuten opstijven in de koelkast.

stap 3: Haal de huishoudfolie eraf en eet ze lekker op.

HEB JE EEN GOED IDEE?

Smeer sneerkaas op het brood in plaats van sandwichspread.

LEUK OM TE DOEN:
PLATTE BAMMETJES MAKEN!

APPELTOSTI
GEEN ZIN IN KAAS?
DAN LAAT JE HEM
GEWOON WEG.

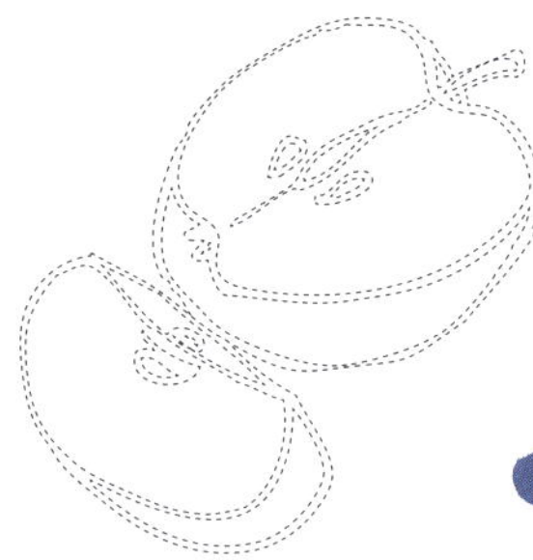

APPEL-KAASTOSTI'S

Dit heb je nodig
voor 8 tosti's

- 2 appels
- 4 plakken kaas
- 8 sneetjes brood
- 2 el appelstroop
- 3 el suiker
- 1 el kaneelpoeder

★ *Vanaf 6 jaar* ★

voorbereiden	15 minuten
bakken	10 minuten
snijden	5 minuten

Zo maak je het

stap 1: Schil de appels, haal het klokhuis eruit en snijd ze in plakjes. Leg de kaas op 4 sneetjes brood. Smeer hier appelstroop op en leg de plakjes appel erop.

stap 2: Roer de suiker en het kaneelpoeder door elkaar. Strooi de kaneelsuiker over de appelplakjes. Dek de boterhammen af met de andere sneetjes brood.

stap 3: Gril de tosti's in de oven, in een pan of in een tosti-ijzer. Haal ze eruit en snijd ze schuin doormidden.

HOE MAAK JIJ DE LEKKERSTE TOSTI?

EVEN OPLETTEN
EIERSCHILLETJES
IN DE EIERSALADE
SMAKEN NIET ZO
LEKKER ...

CROSTINI EIERSALADE

Dit heb je nodig
voor 4 personen

voor de eiersalade

- 8 eieren
- 1 sjalotje
- 1 bosje verse bieslook
- 1 tl kerriepoeder
- 2 el mayonaise
- 2 el Griekse yoghurt

voor de crostini

- 1 klein stokbrood
- 1 teentje knoflook
- 100 ml milde olijfolie
- grofgemalen peper
- grofgemalen zeezout

★ *Vanaf 8 jaar* ★

eiersalade	10 minuten
crostini	20 minuten
serveren	5 minuten

Zo maak je het

stap 1: Kook de eieren 8 minuten in een pannetje met water. Laat ze schrikken in een bakje koud water.

stap 2: Snijd het sjalotje en de bieslook fijn. Doe de bieslook, het sjalotje, de kerrie, de mayonaise en de Griekse yoghurt in een kom. Pel de eieren en prak ze fijn met een vork. Doe ze ook in de kom en roer alles goed door elkaar. Doe een deksel of een bord op de eiersalade en zet hem in de koelkast.

stap 3: Vraag je ouders om de oven voor te verwarmen op 200 °C. Leg een vel bakpapier op de bakplaat. Snijd 12 tot 16 dunne sneetjes stokbrood. Leg de sneetjes op het bakpapier. Pers de knoflook uit boven een kommetje en doe de olijfolie erbij. Roer de knoflookolie goed door en sprenkel hem met een lepel over de sneetjes brood. Strooi er een beetje grofgemalen peper en zeezout overheen. Bak de crostini 10 minuten in de oven.

stap 4: Serveer de crostini met de eiersalade.

SCONES

Dit heb je nodig voor 8 scones:

voor de scones

- 50 g roomboter
- 250 g zelfrijzend bakmeel
- 100 g suiker
- 1 zakje vanillesuiker
- 2 eieren
- 50 ml melk
- zonnebloemolie

voor de room

- 200 g mascarpone
- 100 ml slagroom
- 1 potje jam

Benodigdheden:

muffinvorm

★ *Vanaf 8 jaar* ★

voorbereiden	15 minuten
in de oven	30 minuten
room maken	10 minuten

Zo maak je het

stap 1: Vraag je ouders om de oven voor te verwarmen op 200 °C. Smelt de boter in een pannetje. Doe het zelfrijzend bakmeel, de suiker en de vanillesuiker in een beslagkom. Maak een kuiltje in het midden. Klop de eieren los in een kommetje. Schenk de eieren, de melk en de gesmolten boter in het kuiltje. Roer alles goed door elkaar, tot je een soepel beslag hebt. Vet de muffinvorm in met een beetje olie. Schep een flinke eetlepel beslag in elk kuiltje. Bak de scones 30 minuten in de oven.

stap 2: Doe de mascarpone en de slagroom in een mengkom. Mix dit tot je een romige saus hebt.

stap 3: Leg de scones op een plank. Doe de room in een pot en zet het potje jam ernaast. Aan tafel ... lunchtijd!

ROER WAT ROZIJNEN EN KANEEL DOOR HET BESLAG EN JE BAKT DE LEKKERSTE ROZIJNENSCONES.

ZELF JAM MAKEN:
DOE 500 GRAM FRUIT ZONDER PITJES EN 50 ML WATER IN EEN PAN. BRENG DIT AAN DE KOOK.

DOE ER 500 GRAM GELEISUIKER BIJ EN LAAT ALLES 20 MINUTEN ZACHTJES PRUTTELEN.

DOE DE JAM IN EEN SCHONE, GOED AFSLUITBARE POT.

TOETJES
en drankjes

HEB JE EEN GOED IDEE?

Extra fris:
doe een paar
blaadjes verse
munt bij het fruit
in de blender.

MELOENIJSJES

Dit heb je nodig

voor 6 ijsjes

- 1 cantaloupe-meloen
- 1 citroen
- 1 el honing

Benodigdheden

- 6 ijsvormpjes

Vanaf 7 jaar

voorbereiden	20 minuten
in de vriezer	300 minuten

Zo maak je het

stap 1: Schil de meloen. Snijd hem doormidden en verwijder de pitjes. Snijd het vruchtvlees in stukken en doe ze in de blender. Pers de citroen uit. Doe het citroensap en de honing ook in de blender. Mix alles tot een gladde saus. Proef de saus en doe er een beetje meer honing bij als je hem niet zoet genoeg vindt. Maak hem lekker zoet, want door het invriezen zal het ijsje iets minder zoet gaan smaken.

stap 2: Giet de meloensaus in de ijsvormpjes. Zet de vormpjes minstens 5 uur in de vriezer. Houd de vormpjes vlak voor het serveren even onder de kraan en haal de ijsjes eruit.

TIP: VUL DE VORMPJES NIET TOT DE RAND. HOUD WAT RUIMTE OVER, ZODAT HET IJS UIT KAN ZETTEN.

TIP VOOR KNAPPE IJSMAKERS

MAAK 2 VERSCHILLENDE FRUITSAUZEN EN GIET ZE IN LAGEN IN DE VORMPJES.

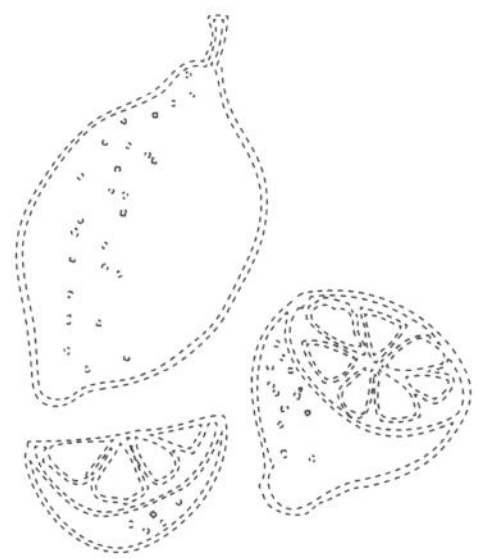

AARDBEIENJELLY

Dit heb je nodig

voor 4 toetjes

- 4 gelatineblaadjes
- 150 ml aardbeienlimonade van siroop
- 1 el limoensap
- 250 g aardbeien
- 25 g poedersuiker

★ *Vanaf 7 jaar* ★

voorbereiden	20 minuten
koelen	180 minuten
versieren	10 minuten

Zo maak je het

stap 1: Laat de gelatineblaadjes 10 minuten weken in een bakje met koud water. Verwarm de aardbeienlimonade in een pannetje. Haal het pannetje van het vuur. Knijp de gelatineblaadjes uit en roer ze door de limonade tot ze opgelost zijn. Roer het limoensap erdoor en laat de limonade afkoelen en indikken.

stap 2: Maak de aardbeien schoon. Houd een paar aardbeien apart voor het versieren en snijd de rest in stukjes. Schep de poedersuiker door de stukjes aardbei. Spoel 4 vormpjes om met koud water en doe hier de stukjes aardbei in. Schenk de limonadegelatine erover. Laat de jelly minstens 3 uur opstijven in de koelkast.

stap 3: Dompel de vormpjes een paar seconden in een bakje met heet water en draai ze om op een bordje. Versier de jelly's met de overgebleven aardbeien.

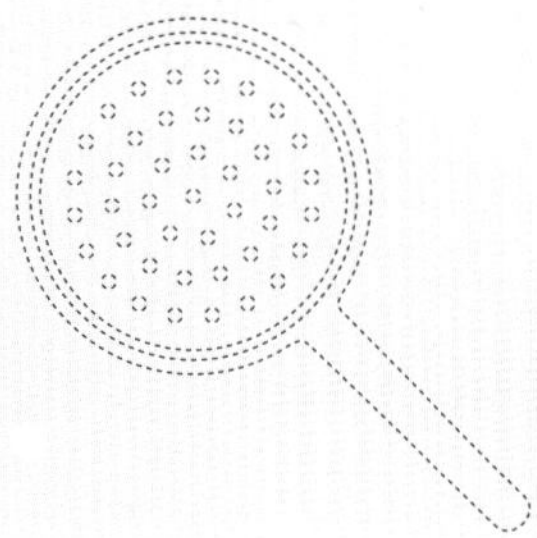

MET WELK FRUIT MAAK JIJ DE JELLY HET LIEFST?

ERG LEKKER:
VERKRUIMEL EEN PAAR KOEKJES TUSSEN DE LAAGJES JAM EN YOGHURT.

TURKSE YOGHURT MET ROOD FRUIT

Dit heb je nodig
voor 4 potjes

- 500 g rood fruit (aardbeien, frambozen, rode bessen)
- 500 g geleisuiker
- 2 el honing
- 200 ml Turkse yoghurt
- 200 g chocolade

★ *Vanaf 8 jaar* ★

jam maken	15 minuten
afkoelen	60 minuten
potjes vullen	15 minuten

Zo maak je het

stap 1: Doe het fruit in een pan met een deksel en laat het goed warm worden. Doe de geleisuiker erbij als het fruit begint te borrelen. Roer het fruit met een houten lepel 5 minuten goed door. Haal de pan van het vuur af en laat de jam afkoelen.

stap 2: Roer de honing door de Turkse yoghurt. Zet 4 glaasjes klaar en schep in elk glaasje een laagje jam. Doe hier een laagje yoghurt bovenop. Blijf laagjes maken tot de glaasjes vol zijn. Eindig met een laagje yoghurt. Rasp de chocolade en strooi die over de yoghurt.

SNEL TOETJE
NEEM EEN BLIKJE VLAAIVULLING EN GA VERDER BIJ STAP 2.
Vanaf 6 jaar

TIP
LANGE VINGERS ZIJN ER ERG LEKKER BIJ.

YOGHURT-MANGOSWIRL

Dit heb je nodig
voor 4 glazen

- 2 rijpe mango's
- 150 ml slagroom
- 250 ml Turkse yoghurt

★ *Vanaf 7 jaar* ★

bereiden	15 minuten

Zo maak je het

stap 1: Schil de mango's, snijd de pit eruit en hak het vruchtvlees in stukken. Pureer de mango in de keukenmachine, in de blender of met een staafmixer. Doe de mangopuree in een kom.

stap 2: Klop de slagroom tot hij dik is, maar niet helemaal stijf. Spatel de slagroom en de yoghurt voorzichtig door de mangopuree. Roer alles niet helemaal door elkaar, want dan zie je geen kleurverschil meer tussen de mango en de room. Verdeel de swirl over 4 glazen.

BANAAN-CHOCOSHAKE

Dit heb je nodig
voor 4 glazen

- 4 rijpe bananen
- 500 ml chocolademelk
- 4 bolletjes chocolade-ijs
- 125 ml slagroom
- 50 g pure hagelslag

★ *Vanaf 7 jaar* ★

bereiden	15 minuten

Zo maak je het

stap 1: Pel de bananen en snijd ze in stukjes. Doe ze in de blender. Schenk de chocolademelk erbij en pureer alles tot je een gladde saus hebt. Schep het chocolade-ijs erbij en pureer nog even verder.

stap 2: Schenk de shake in de glazen. Klop de slagroom stijf. Schep een flinke lepel slagroom op de shake en strooi er wat hagelslag over.

LEKKER FRIS EN FRUITIG.

ZACHT EN ZOET EN MMM ... VEEL CHOCOLADE!

LEKKER VOOR DE PICKNICK

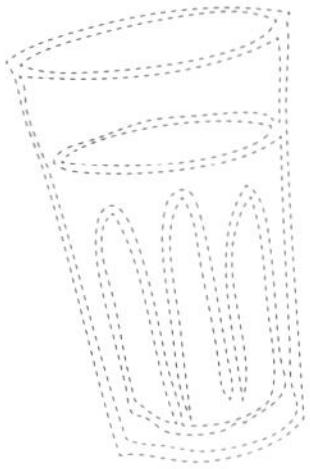

CITROENSIROOP

Dit heb je nodig
voor 1 flesje siroop

- sap van 5 citroenen
- 200 g suiker of 100 g suiker en 100 g honing
- 200 ml water

Benodigdheden

- vuurkorf
- gietijzeren pan of wok
- flesje met dop

★ *Vanaf 6 jaar* ★

op de vuurkorf	15 minuten
afkoelen	180 minuten

Dit recept maak je buiten. Pas wel op met het vuur!

DIT IS EEN LEUK RECEPT OM SAMEN MET JE OUDERS TE MAKEN. DE CITROENSIROOP KUN JE OVER EEN BOLLETJE IJS SCHENKEN OF OVER EEN CAKE DRUPPELEN. EN JE KUNT ER NATUURLIJK OOK LEKKERE LIMONADES MEE MAKEN!

Zo maak je het

stap 1: Vraag je ouders om een vuur te maken in de vuurkorf. Zet een gietijzeren pan met een dikke bodem op het vuur. Knijp de citroenen goed uit boven de pan. Doe de suiker en het water erbij. Verwarm alles tot de suiker goed is opgelost.

stap 2: Vraag je ouders om de gloeiend hete siroop in een flesje te gieten. Doe de dop erop en laat hem afkoelen.

ZOMERSE CITROENLIMONADES:

1. DOE WAT CITROENSIROOP IN EEN GROTE KAN EN GIET ER IJSKOUD (BRUISEND) WATER BIJ. DOE ER EEN PAAR TAKJES VERSE MUNT EN/OF TIJM EN SCHIJFJES CITROEN BIJ. 2. MENG DE CITROENSIROOP MET IJSKOUDE GROENE THEE OF MET WATER EN SINAASAPPELSAP. 3. MAAK CITROENLIMONADE EN DOE IN IEDER GLAS EEN KANEELSTOKJE.

COLOFON

RECEPTUUR, FOODSTYLING

Floor van Dinteren, Floorabella
Francis van Arkel, NutriVisie

FOTOGRAFIE

Floor van Dinteren, Floorabella
No Point Studio's

AANVULLENDE BEELDEN

www.shutterstock.com

VORMGEVING

Studio ImageBooks

Deze uitgave is tot stand gekomen in samenwerking met Bowls and Dishes

WWW.IMAGEBOOKS.NL |

TIP VOOR ECHTE KEUKENPRINSEN & -PRINSESSEN: NA HET KOKEN, MAAK JE ALLES SCHOON. DAN BEN JE EEN VOLLEERDE CHEF-KOK!

Vandaag
POETS IK!

In deze serie is ook verschenen:
Vandaag bak ik!
ISBN 978 94 6144 8484